鼴鼠洞教室 2 數學課

一定要公平

亞　平——著　李憶婷——繪

各界推薦

機智、溫暖又逗趣的故事×超級可愛的小鼴鼠×無限可能的鼴鼠洞教室，讓人迫不急待想和小鼴鼠一起，上！課！趣！

——**王宇清**（童話寫作者）

地底下的教室有什麼不一樣？鼴鼠都學什麼？怎麼學？亞平用一篇篇童話帶我們去旁聽，去體驗。準備好了嗎？鑽進被窩裡，跟著鼴鼠一塊去遊學吧！

——**林世仁**（兒童文學作家）

亞平老師的童話總是溫暖中帶有新意，內容濃濃善意又有創意，有什麼比這個更適合孩子閱讀呢？用《鼴鼠洞教室系列》一起進入小鼴鼠的學習教室吧！

——**林怡辰**（閱讀教育推手、資深國小教師）

小鼴鼠也要上課！他們上國語課、數學課、冒險課，會出現怎樣的課堂風景呢？以科目為主軸的學習現場令人好奇，趕快打開書本一探究竟吧。

——**林玫伶**（前臺北市國語實小校長、兒童文學作家）

亞平的童話有神奇的魔力，筆下的人物討喜，慧眼發掘新主題。這系列「科目童話」讓你感受到學習即生活；生活即學習。一切都那麼有趣！

——**花格子**（兒童文學作家）

小鼴鼠的課程真令人羨慕呀！實地觀察天敵「狐狸」，寫出令人驚豔的童詩；運用數學課學的「均分」，脫離貓咪的魔掌；更令人期待的是暑假的冒險課之旅……歡迎喜愛學習的小讀者，進入《鼴鼠洞教室系列》。

——**廖淑霞**（臺北市私立再興小學研究教師）

這套童話貼近孩子的心情，也讓我們跟著小鼴鼠在教室和大自然中探險，獲得勇氣，感受有情世界的溫暖與美好。

——**嚴淑女**（童書作家與插畫家協會臺灣分會會長）

作者序

歡迎來上課！

《鼴鼠洞教室系列》最早是來自《超馬童話大冒險》的八篇童話結集，當初寫完這八篇故事後，意猶未盡，趁隙又多寫了「關於〈狐狸〉這首詩」和「一定要公平」這兩篇；寫完後，又覺得小鼴鼠的暑假小旅行沒有交代也不好，於是又花了近一年的時間，寫了第三集的三個冒險旅行故事。當鍵下最後一個字時，心情瞬間激動不已，這系列的寫作時間很長，將近四年，能夠順利結束，並且換上嶄新的面貌和讀者見面，真是我個人創作上一件值得紀念的事啊。

這個系列最大的特色是「科目童話」的完成。

忝為三十年資歷的國小教師，多年前，我一直很希望能用「童話故事」，來幫硬梆梆的學校課程加點趣味，於是「科目童話」的想法隱然成形。只是，這想法立意雖好，下筆卻很難，幾年來一直停留在「只聞樓梯響」的階段。剛好，字畝出版社來邀約《超馬童話大冒險》，腦子靈光一閃，就這麼寫上了。

十篇故事，十間教室，八種不同的科目，用地下虛擬的鼴鼠洞教室，來對應地上的真實學校課程。真假虛實，有想像，有哲理，有趣味也有嚴肅，希望小朋友讀了之後，能對學校的課程更加充滿興趣。

這之中最難寫的科目，是國語科和數學科。

國語科是因為可以寫入童話的素材太多了，很難抉擇——最後，我選擇用「童詩」來切入，希望藉由童詩的自由奔放和生活性，讓小讀者喜歡童詩、不畏懼寫詩。而數學科是不知要寫什麼好，因為很多概念都很難用童話表現——

最後，綜合我的教學經驗，選出了「分與合」這個單元下去創作。「分」有「減法、除法」的概念，「合」有「加法、乘法」的概念，對低年級的部分小朋友而言，可能有些抽象，但它卻是一個實用的單元，希望小朋友在看完故事，哈哈大笑之餘，也能對學習數學興致高昂。

關於第三集的旅行冒險故事，則是另一項嘗試。旅行冒險故事一向很受大小讀者的歡迎，但是用童話表現的旅行冒險故事，在國內並不多見。之前，看了劉克襄老師的作品《豆鼠回家》、《風鳥皮諾查》，非常喜歡，於是起意創作。剛巧趁著三隻小鼴鼠的小旅行，我設計了三條不同型態的旅遊路線：一條往河裡走，一條往森林去，另一條則是去地下展開大冒險。三種不同的地貌，三種不同的旅行目的，和三套不同的情節發展，希望能讓小讀者對「旅行」有更多的想像——「收穫」永遠不止在課堂內。

多年創作童話，我寫了不少動物：狐狸、貓、老虎、小豬、刺蝟都有，但最情有獨鍾的，還是鼴鼠。從二〇一一年的《鼴鼠婆婆的解藥》開始，也不知為什麼，只要沒有靈感時，寫鼴鼠就對了，好像鼴鼠的地洞是個靈感大寶庫似的；在我其他系列作裡，也可以看到鼴鼠的身影。謝謝這些可愛的小鼴鼠，豐富了我的想像，讓我創造出了一個又一個的故事。如今，鼴鼠洞教室正式上課啦，我也功成身退，卸下作者身分，現在只能當個兼職幫忙的愛心媽媽了。

但願所有的小讀者都喜歡鼴鼠洞教室的課程，有事沒事，歡迎來上課！

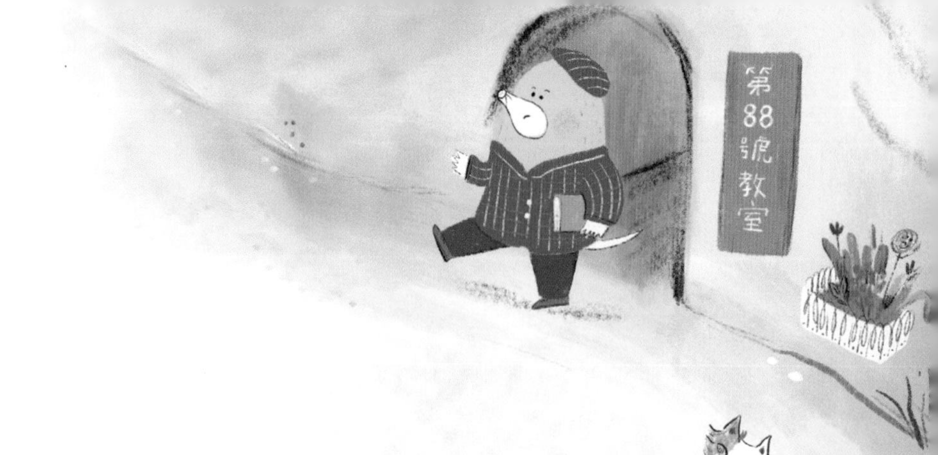

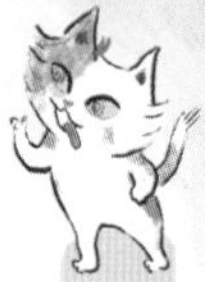

目次

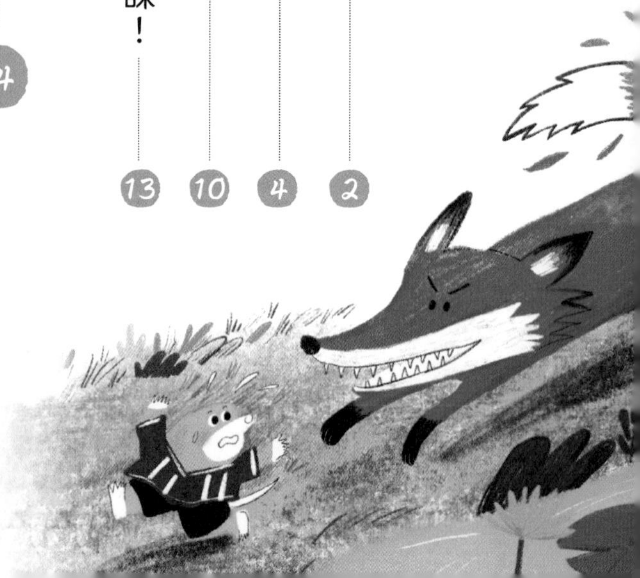

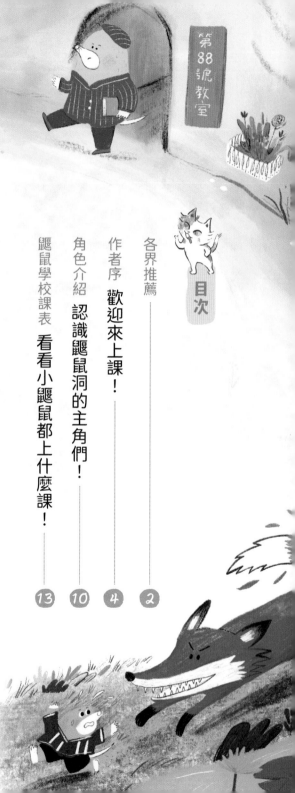

認識鼴鼠洞的主角們！

——角色介紹——

阿力

就讀鼴鼠學校四年級，是一隻活潑開朗、有好奇心、富冒險精神的小鼴鼠，最喜歡鑽洞課和數學課。

阿發

最乖巧聽話的小鼴鼠，上課認真聽講，作業永遠最早交，課表上的每一堂課都喜歡。

阿胖

膽小愛哭，永遠都在喊肚子餓，一想到上課就想嘆氣，出去玩就很開心。和阿力、阿發是同班同學兼死黨好朋友。

數學課老師　六老師

鼴鼠學校裡最聰明的老師，任何複雜的數學題目都能輕易解開。

鑽洞課老師　鑽老師

鼴鼠學校裡鑽洞最快的老師，認為鑽洞是鼴鼠的天分也是本分，是技能也是藝術。

音樂課老師　樂老師

專長是聲樂，最喜歡教小鼴鼠唱好聽的歌，溫柔親切，是最有氣質的老師。

安全課老師　麻老師

以教學嚴格出名，對於成績達不到標準的小鼴鼠，總是免費加強教學。

鼴鼠學校　亮校長

創辦鼴鼠學校約五年的時間，治校理念是「趣味、實用、創意」，希望小鼴鼠都能學到實用的知識，落實於生活中，找到自己的興趣和方向。

看看小鼴鼠都上什麼課！

——鼴鼠學校課表——

鼴鼠洞教室

四年級課表

	一	二	三	四	五
8:30 | 8:50	做早操 （升旗、朝會、運動會、健身）				
9:00 | 9:30	國語	數學	國語	數學	自然
	下課時間				
10:00 | 10:30	歷史	自然	音樂	歷史	安全
	下課時間				
11:00 | 11:30	鑽洞	安全	鑽洞	鑽洞	尋寶
	放學				

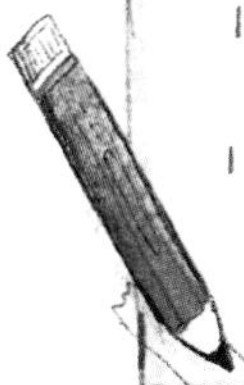

數學課是最簡單的課

鼴鼠洞第10號教室是數學教室，每當要上數學課時，小鼴鼠都高興得想唱歌——因為數學課是全部課程裡，最簡單的課了。

在鼴鼠世界裡，最大的數字只到100。

100以上的數就用兩個字表示：「太多」。

所以，鼴鼠洞教室只有99間，100以上，就太多太多了。

算加法時，如果題目是：「65＋55＝（　）」，你只要寫上「太多」兩個字就答對了。不必算，不用想，不需費心解答，小鼴鼠都覺得數學好簡單啊！

數學老師是風趣的六老師，他有著神奇的算數能力，任何複雜的加法、減法到他手中，都能馬上算出答案來。他是所有小鼴鼠心中的數學大師。

今天，算完例行的加法和減法題目後，六老師在黑板上出了一道題目：「75＋90＝（　）」。

他問大家，知道答案嗎？

許多心算快的小鼴鼠馬上說出答案：「太多。」

老師點點頭。

那麼，這一題呢？「75＋30＝（　）」。

又有很多鼴鼠喊出答案：「太多。」

老師也點點頭說：「大家都答對了，這兩題的答案都超過100，所以都是『太多』。不過，有一件事需要大家想一想：雖然在我們鼴鼠的世界裡，最大的數只到100；但是100以外的數呢？大家有沒有想過？」

小鼴鼠聽到這句話都怔住了，睜著疑惑的眼睛互看，他們真的沒想過這件事。

「老師，100以外的數太複雜了，我們根本不會遇到啊。」阿黑說。

「怎麼不會遇到？」六老師哈哈的笑起來，「如果有人要給你

栗子，第一堆是第一題答案的量，第二堆是第二題答案的量，你要哪一堆？」

大家你看我，我看你，似乎都有些迷糊。

阿力舉手了，「老師，我知道，我要第一堆。」

「為什麼？」

「因為第一堆的『太多』比較多，第二堆的『太多』比較少。」

六老師高興得拍拍手，「太好了，阿力，你對數量的感覺很敏銳喔。沒錯，第一堆的量比第二堆的量多很多，所以聰明的小鼴鼠會選擇第一堆，選第二堆的小鼴鼠可就吃虧了。」

「吃虧也沒關係啊。」阿黑咕噥著說。

「吃點小虧當然沒什麼關係，但是吃太多虧，心情就不好啦。」

六老師笑著說：「數學的用途很廣，它可以用來解決日常生活遇到的麻煩事。出這個題目是在提醒大家，數學能力很重要，凡事一定都要用數學腦筋多加思考。」

六老師說完這些話，底下又是一片安靜。

鼴鼠世界是一個和平、共享的世界。食物多時，大家就吃多一些；食物少時，大家就吃少一些，很少有爭吵不休的麻煩事。

「老師，」阿力又舉手了，「你可以再舉一個日常生活會用到

數學的例子嗎？」阿力對六老師的話很感興趣。

「當然可以。」六老師想了一下，在黑板上畫了一個大大的圓。

「假設這是一顆大西瓜，如果要分給三隻小鼴鼠吃，怎麼分才公平？」六老師問。

阿黑說：「把西瓜摔破，拿哪一片就吃哪一片，很簡單啊。」

阿發馬上反駁說：「可是，這樣不公平啊！如果我拿到小片的西瓜，我會很傷心。」

「對，一定要公平哦。」六老師說。

阿胖說：「一鼠一口，直到吃完為止，這樣公平了吧？」

阿發又說：「公平是公平，但很麻煩。而且，你嘴巴大，吃大口；我嘴巴小，吃小口，還是不太公平。」

聽完阿發的話，小鼴鼠都笑了——阿胖愛吃，嘴巴真的很大。

阿力舉起手，「老師，我想到一個好方法了：拿一把刀來，把西瓜切成四份，一鼠吃一份，這樣不就公平了嗎？」

「可是，剩下的那一份怎麼辦？」老師問。

「簡單，再找一隻鼠來吃西瓜就好了啊！」阿力興奮的說。大家也覺得阿力的答案很好，紛紛拍手叫好。

「哈哈，我這顆西瓜是要分給三隻鼠的，不是分給四隻鼠的，

這個方法行不通。」六老師繼續問：「還有沒有其他的辦法？」

一下子，大夥兒的腦袋似乎都卡住了，想不出個好方法來。

老師看看小鼴鼠苦思的臉，笑著說：「其實阿力的方法很好，只是他少了一個步驟。我們先按照阿力的方法來分西瓜，最後還剩下一份西瓜，對不對？只要再把它分成三份，喏，這不就解決了嗎？」六老師在黑板上畫出了詳細的西瓜分配圖。

「所以，每隻鼴鼠吃一大份再加一小份的西瓜，這樣就公平了。」看完圖，小鼴鼠瞬間都恍然大悟。

「嗯，果然公平。」

「六老師真厲害。」

「我都沒想過還有這種分法。」

「所以，數學是一門應用的學科，不是只有簡單的加減法，大家一定要善加利用。」六老師說完，下課的鐘聲「噹噹」響起。

瘋貓嘎嘎和瘋貓啦啦

下了課，阿力、阿發和阿胖快馬加鞭往田野跑去。秋收後的麥

田裡有許多散落的穀粒，正是小鼴鼠最愛的超值點心。

沿著田壟慢慢跑——咦，奇怪，三隻鼠突然覺得有些不對勁，怎麼頭暈腦脹，眼前的景物瞬間顛倒了呢？

還沒弄清楚是怎麼一回事，就聽到刺耳的怪叫聲：「哈哈，三隻小鼴鼠落袋，太好了，今天的晚餐有著落了。」

是瘋貓嘎嘎。

「這樹藤做的隱形吊袋，真是太好用了。」

是瘋貓啦啦。

三隻小鼴鼠馬上明白發生了什麼事：他們掉進瘋貓嘎嘎和瘋貓

啦啦的陷阱啦。

瘋貓嘎嘎和啦啦是原野上赫赫有名的「找麻煩兄弟檔」，平時瘋瘋癲癲又迷迷糊糊的。他們愛吃各種鼠類：鼴鼠、田鼠、老鼠、地鼠均來者不拒，小鼴鼠遇到他們倆真是倒大楣呀。

樹藤吊袋就隱藏在落葉間，三隻小鼴鼠踩踏的瞬間，躲在樹後的瘋貓嘎嘎就把繩子一拉——哈哈，獵物手到擒來。瘋貓兄弟倆高興的把獵物背回家去。

阿胖已經整整哭過一輪了，他的眼睛又圓又腫。

阿發則是不停的發抖。

阿力當然也在發抖，不過，他鎮靜多了。他從許多小鼴鼠的口中聽說過，瘋貓兄弟有些迷糊，只要夠細心，一定抓得到逃跑的契機——他這樣安慰另外兩隻鼠，也安慰自己。

瘋貓兄弟的家，在一個小小的山洞裡。

一到家，兩隻貓就開始爭吵，從三隻鼠放置的位置，到料理三隻鼠的方法。最後他們總算達成協議——清蒸蘸鹽巴吃，最美味。

嘎嘎去燒開水，啦啦準備前菜。

前菜是五根小山芋，是啦啦剛從田裡挖出來的。這兩隻瘋貓最

愛吃小山芋了。

啦啦在自己的盤子上放了三根山芋，在嘎嘎的盤子上放了兩根山芋。不過，這樣的分法讓嘎嘎很不開心。

「不公平！」嘎嘎的怒氣上來了，「為什麼你吃三根，我吃兩根？」

「因為山芋是我挖的啊。」啦啦說。

「你在挖山芋時，我在做樹藤陷阱，我也沒閒著啊。」嘎嘎大聲反駁。

「誰挖到就吃多一點，這句話你以前也說過啊。」啦啦說。

「既然你這麼說，那麼鼴鼠是我抓到的，我吃兩隻，你吃一隻好了。」嘎嘎說。

「不可以，這樣一點也不公平。」啦啦哭了出來。

「咦，我只是照你的話做，怎麼會不公平？」

「就是不公平，哥哥欺負弟弟。」

兩隻貓為了公平的問題爭吵不休，三隻小鼴鼠看傻了眼。

突然，阿力對阿發、阿胖說：「嘿，我有個好主意。」

一陣嘰嘰喳喳之後，三隻鼠點點頭。

阿力對著瘋貓兄弟大聲喊：「不要吵了，你們這兩隻貓！吵得我們都不能安心的被你們吃掉，真是倒楣。可以讓我們在最後一刻享受一下安靜嗎？」

瘋貓兄弟沒料到小鼴鼠竟然敢這樣說話，雙雙怔住了。

阿力接著說：「不就是要公平嗎？簡單，照我的話做，一定公平。」

瘋貓兄弟對看一眼，笑了出來。

啦啦說：「哥，你相信小鼴鼠的話嗎？」

「當然不能相信。」嘎嘎說：「鼴鼠的話都是謊話，絕對是在

騙我們的。」

啦啦又說：「可是，我有點想聽聽看他的話耶，我們現在的確需要公平。」

「你兩根，我三根，這樣就公平啦！」嘎嘎沒好氣的說。

他這麼一接話，兩隻貓又鬥起嘴來。

阿力只好又大聲喊：「安靜！安靜！你們知道『安靜』這兩個字的意義嗎？」

嘎嘎和啦啦終於停止爭吵了。

「聽我的話也不會少一塊肉，總比你們永無止境的吵下去好

吧？」兩隻貓終於不情願的點頭了。

「五根山芋要公平的分給兩隻貓，是有點難。」阿力故作很有學問的樣子，「不過，我當然是有辦法的。每隻貓先各分配兩根山芋，現在，還剩下一根山芋，對不對？只要把剩下的這一根山芋切成四塊，每隻貓再拿兩小塊，這樣不就公平了嗎？」阿力說得口沫橫飛。

瘋貓兄弟倆對看一眼，有點懂又有點不太懂。

嘎嘎說：「每隻貓先拿走兩根山芋，這個我懂。但是，為什麼剩下的那一根要切成四塊呢？切成兩塊不行嗎？」

阿力搖搖頭，嘆了一口氣，「沒想到你們的數學概念這麼差。切成兩塊，你們就只能各拿走一塊；切成四塊，你們可以各拿走兩塊，這樣拿得更多，不是比較好嗎？而且又很公平。」

「哥，兩塊比一塊多，這樣真的很公平。」啦啦說。

嘎嘎似乎仍有些不能同意，「我覺得根本差不多啊。」

「唉，面對沒有數學概念的貓，說什麼都是多餘。來，把山芋拿來，我切給你們看。」阿力裝著老成的口吻說。

阿力把山芋公平的切成四塊，然後分成兩堆，讓兩隻貓選擇。

現在每隻貓的盤子上，都是兩根大山芋和兩塊小山芋，一樣多的數

量，誰也不吃虧。

「這樣，公平嗎？」阿力問。

啦啦點點頭。

嘎嘎，也，點點頭。

一隻貓吃二十隻鼴鼠

「等一下吃完前菜，接著要吃我們這三隻小鼴鼠吧？」阿力抬

起下巴，高聲問：「兩隻貓分三隻鼠，也要公平哦。你們知道要怎麼分配嗎？」

「我知道。」嘎嘎畢竟是哥哥，比弟弟聰明一些。

「一隻貓先各挑一隻鼠，剩下的那一隻分成四塊，每隻貓再拿走兩塊，這樣就公平了。」

「哥哥好棒，這樣做果真很公平。」啦啦高興的拍拍手。

「錯！一點都不公平。」阿力搖搖頭。

「哪裡不公平？」啦啦皺起眉頭，疑惑的問。

「我們是鼴鼠，不是山芋啊！」阿力生氣的說：「山芋可以公

平的切成四塊，鼴鼠可不行。」阿力要阿胖站好，當現成的教材，「你看，如果把一隻鼴鼠切成四塊：頭一塊、身體左邊一塊、右邊一塊、兩條腳一塊，這四塊的大小都不同，怎會公平？」

「那麼，直切成兩半不就好啦？」啦啦說。

阿力沒想到啦啦會有這種反應，一時語塞。

「直切也不行，尾巴怎麼辦？尾巴切不了的。」阿力趁著兩隻貓發怔的時候，馬上補上一句：「我覺得最公平的辦法，就是再找一隻鼴鼠來，如果有四隻鼠，一隻貓吃兩隻鼠，就非常公平了。」

嘎嘎想了想後，點點頭，「一隻貓吃兩隻鼠，當然公平。可是，

目前我們只有三隻鼠，要如何再多變出一隻鼠來呢？」

「簡單，」阿力拍拍胸脯，「你們先放我出去，半個小時內，我去找另外一隻鼠來，湊成四隻鼠，這樣不

就成了？」

「哈哈哈，哥，這是陷阱，我們不要上他的當。」啦啦很機警，「一旦放他出去，他怎麼可能會再回來？」

「我的兩個好兄弟在這裡當人質，我一定會回來的。」阿力語氣堅定的表示，另外兩隻鼠也連忙點點頭。

看到兩隻貓猶豫的表情，阿力又再補上一句：「不讓我出去找也行啦，反正只有三隻鼠很難平分，萬一分得不公平，還要打上一架。難得吃大餐，卻吃出一肚子怨氣，到時候我也幫不上忙啦。」

「一隻貓吃兩隻鼠比較過癮啦。」阿發也適時加上一句話。

「吃完一隻鼴鼠，你們一定會想要再來一隻的。」阿胖用顫抖的聲音說。

現在，換兩隻貓喵喵來喵去了。

沒多久，嘎嘎做了決定，「好吧，我就先放一隻鼠出去，反正我還有兩隻鼠，吃不了虧。不過，你一定要回來哦，你不回來的話，上天下地，我們兄弟倆也要把你抓回來。」

阿力出去不到二十分鐘，果然回來了。他帶回了兩隻鼠：阿黑和丁丁。

「看吧，我很守信用，我回來了；而且我還帶回了兩隻鼠。」

阿力忙不迭的向阿發、阿胖眨眼睛。

瘋貓兄弟非常開心，沒想到真的有自己送上門的獵物可吃。可是，高興不到一分鐘，嘎嘎又發愁了，「我要你帶回一隻鼠，你竟然帶回兩隻鼠，現在總共有五隻鼠，又不能平分啦。」

「因為我們都很想成為瘋貓的食物啊！」剛來的阿黑和丁丁，異口同聲的說。

「分不公平，真是困擾，對吧？」阿力搖搖小指頭，從容的說：「沒關係，我再找五隻鼠來，湊成十隻鼠，這樣就很好分了。」說

完，阿力打開山洞的門，沒想到竟然又進來了五隻小鼴鼠。

「好了，現在共有十隻鼠，我來幫你分配吧。不過，要先把樹藤袋裡的那兩隻放出來，我才能根據身材胖瘦來公平的分配。」阿力說。

一下子進來那麼多隻鼴鼠，瘋貓兄弟有些不知所措，他們倆對看一眼，點點頭，把樹藤袋裡的阿發和阿胖放出來了。

「好了，現在共有十隻鼴鼠，來，大家乖乖分成兩排站好——這一排給瘋貓嘎嘎，另一排給瘋貓啦啦，你們看看滿不滿意？」阿力就像是現場的指揮官，非常盡責。

兩隻貓看著自己的「五鼠大餐」，高興得直點頭。

「看來你們很滿意，不過，換我不滿意了。」阿力搖搖頭說。

「五隻鼠太少了，我怕你們吃得不夠盡興；不如，再來十隻鼠如何？」阿力說完，打開山洞的門，又進來了十隻小鼴鼠。

「這樣一隻貓就可以吃十隻鼴鼠了！」阿力說。

「十隻？」嘎嘎和啦啦眼裡發射出亮晶晶的光芒。

啦啦囁嚅的說：「這樣，會不會——太多？」

「貓吃鼴鼠，哪會嫌太多？」阿力笑出聲。

「我看，再來二十隻鼴鼠好了，一定要吃得盡興啊。」阿力拍

拍手，轉眼間，山洞裡又進來了二十隻鼴鼠。

現在瘋貓的山洞裡，有四十隻鼴鼠了。

「一隻貓吃二十隻鼴鼠，應該夠了吧？」阿力想了半刻，接著說：「不對，應該是二十隻鼴鼠對付一隻貓，應該夠了吧？」然後，阿力拍拍手，大喊一聲：「開動！」

瞬間，所有鼴鼠開始發動攻擊：抓臉頰、抓腦袋、抓身體、咬耳朵、咬鼻子、咬尾巴、丟東西、砸東西、拉鬍鬚、搔胳肢窩……

瘋貓兄弟像是遇到四十顆小炸彈攻擊一樣，任由炸彈一顆一顆在身上炸開，十分難受，卻一點反擊能力也沒有，只能抱頭鼠竄，

低聲哀號。

混戰十分鐘後，激烈的戰況終於平息下來。

阿力接著又吹了一聲口哨，三秒之內，所有的小鼴鼠爭先恐後的往大門跑去，消失無蹤，只留下混亂不已的山洞，外加兩隻傷痕累累的瘋貓。

嘎嘎呻吟著說：「弟，你還好嗎？」

啦啦語帶哭聲的說：「哥，我還好。我們被小鼴鼠耍啦。」

「弟，我們不該貪心的，早知道吃一隻鼴鼠就好了。」

「太多鼴鼠根本也吃不下。」

「鼴鼠的話果然都是謊話。」

「哥，怎麼辦？山芋也被他們搶得只剩下一條了。」

「你一口，我一口吧。一定要公平啊。」

三隻鼠回到地洞後，都心有餘悸。

阿胖說：「幸好，瘋貓兄弟不懂數學。」

阿發說：「騙得了一時，騙不了一世。」

阿力說：「數學靈光的一方，永遠能搶占先機啊。」

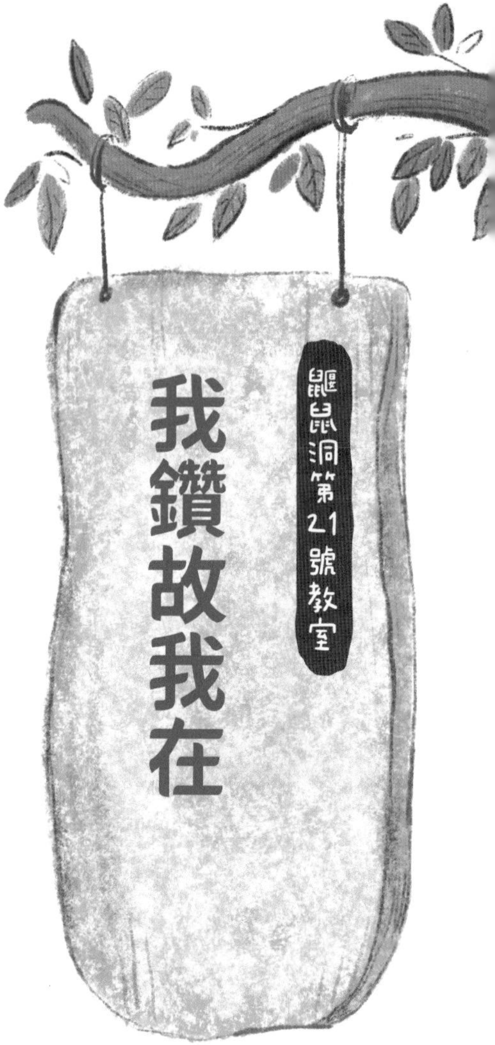

鑽地洞考試

鼴鼠洞第21號教室是鑽洞課的教室，那是一間很大的教室。

負責這間教室的老師是活力充沛的鑽老師。

鑽老師個頭並不高大，不過他動作敏捷、行動快速，他的名言是：「鼴鼠天生就有『鑽』的使命，所以，孩子們，鑽吧，鑽吧，**我鑽故我在**。」

因為「**我鑽故我在**」，所以，鼴鼠學校的小鼴鼠每年都要上鑽洞課，每年也都有鑽洞課的考試，這堂課，只要沒有通過就得留級，十分嚴格。

現在又到了上鑽洞課的時間，每隻小鼴鼠都聚精會神的聽著鑽老師講解地洞構造，學習各種鑽洞技巧。

「所以，這一次的考試內容，就是鑽一條地洞上到草原去，如

何？」鑽老師問。

「哎呀，太難了啦！」大夥們大叫著。

「一點也不難。」鑽老師一笑，「第一年的考試內容是開一個洞；第二年的考試內容是開洞並鑽十公尺。這兩項考試大家都過關了，今年只是要鑽一條長一點的地洞上到草原去，有什麼難的呢？而且，今年鑽最快的前五名，老師還準備了禮物。只有前五名，大家一定要好好把握——」

臺下小鼴鼠的聲音一片嗡嗡嚶嚶，分不清是興奮的聲音，還是難過的聲音。

阿力無疑是開心的。

下了課，他對阿胖和阿發說：「我一定要拿下鑽洞考試的第一名。」

阿發說：「我相信你可以。」

阿胖說：「我也相信你可以。」

阿發說：「第一名是阿力，那我就當……第五名吧，第五名也有禮物呢！」

阿力和阿發握握手。

阿胖則嘆了一口氣，「我只希望自己不要最後一名就好。上次

考試要鑽十公尺，我是最後一個完成的；希望這次我能順利的看到草原上的太陽，不要看到草原上的月亮！」

阿力和阿發笑彎了腰，不過，他們還是和阿胖握了握手，「放心，太陽會等你的。」

一星期後，鑽地洞考試開始了。

所有的小鼴鼠都好緊張啊！

鑽老師帶領大家到鼴鼠洞第21號教室外一面大牆前，牆上已經做好了記號。

鑽老師說：「現在每隻小鼴鼠選一個記號，站在前面，哨聲響後就開始鑽。記住，目的地是草原，所以，往前鑽十公尺後就要往上鑽，千萬不要弄錯了方向，不然，我在草原上就看不到你們囉！」

「嗶——」哨音吹響後，全體的小鼴鼠開始鑽洞了。

每隻小鼴鼠都好認真啊！

每一根爪子都發揮了最大的功用，挖土、扒土，往下、往上，隨心所欲、操縱自如，不過……

「阿光，你怎麼還帶水來喝？」鑽老師問。

「我，我怕挖到一半會口渴。」阿光小聲的回答著。

鑽老師搖了搖頭。

另一邊，「阿胖，你怎麼帶餅乾來吃？」

「媽媽說，挖洞肚子會餓，要補充體力。」阿胖也小小聲的說。

鑽老師嘆了口氣，頭搖得像波浪鼓似的。

現在全部的小鼴鼠都已經順利開洞並鑽進洞裡了，鑽老師大聲

的說：「同學們，加油了，老師去草原上等你們囉，我來看看誰是第一名！」

老師一走，所有小鼴鼠更專心了，現在，他們所能依靠的只有自己的身體和爪子！

狐狸來了！

地面上的草原，一如往常寂靜！

風，吹過一陣一陣輕柔的笑聲，
小鳥飛來一群，又飛走一群；
千朵萬朵小花，正靜靜的享受日光浴。

鑽老師好整以暇的坐在草原上，距離考試開始，已經半個小時了。

他有些心焦，他還在等待第一個探出頭的小鼴鼠啊！

突然間，有動靜了。

草原中央，忽然隆起了一個小土堆，然後，一個小巧可愛的頭顱探出來了，像是小雞破殼而出似的，小心翼

翼、不知所措，直到鑽老師幫他掛上一個美麗的花圈，大聲喊著：「恭喜你，第一名！」小臉蛋才高興的笑了——阿黑鑽出洞來，在草原上又叫又跳。

第一名，真是不容易啊！

陸陸續續的，「咚！咚！咚！」第二名、第三名、第四名……也都探出頭來了。

鑽老師好忙啊，忙著為探出頭的小鼴鼠套花圈，深怕自己眼花，套錯花圈就不好了。

前五名都出爐了。

第六到第十名也出爐了。

十一到十五名也出爐了。

當阿胖慢慢的從地洞裡探出他那顆胖胖的大頭，大夥兒都給了他熱烈的掌聲。

「太好了，太陽還沒下山呢，終於鑽出來了。哎呀，鑽地洞真是辛苦啊，我的肚子又餓了！」

阿胖就是阿胖，永遠只想到吃。

鑽老師點了點名，所有的小鼴鼠都完成鑽洞課的考試了……

不對，還少了一隻鼠——阿力呢？阿力怎麼不見了？

阿發說：「阿力應該是第一個鑽出來的吧？」

鑽老師搖搖頭，「不，第一個鑽出來的是阿黑，我瞧得很仔細。」

「那麼，阿力去哪裡了呢？他不可能比阿胖慢啊？」阿發問。

「阿力的身手十分敏捷，應該很快就能鑽出地洞。」鑽老師也覺得奇怪。

「應該是鑽到一半，跑去吃東西吧！他最愛吃蚯蚓了。」阿胖說。

「要不然就是鑽到一半，睡午覺去了。」阿光說。

阿黑則是笑著說：「哈哈，他該不會鑽到小河邊了吧！然後掉進河裡，被河水沖走了！」

阿發和阿胖憤怒的瞪了阿黑一眼。

大夥兒在草原上找來找去，卻完全沒有阿力的蹤跡。

突然間，阿發指著遠方喊道：「看，那是

誰？該不會是阿力吧！」

「在哪裡？」

「在那裡！」

鑽老師看到遠方有一個小小、快速移動的影子，那樣子看起來就是阿力沒錯！不過，他為什麼跑到那裡去，又為什麼跑得那麼快？

「咦，阿力的後面跟了一個大影子……」鑽老師瞇著眼睛仔細看。

「哎呀，不好！狐狸來了，是狐狸啊！」鑽老師大叫。

一聽到是狐狸，所有的小鼴鼠也跟著慌了。

「狐狸來了，怎麼辦？怎麼辦？」

「狐狸不要吃我啊！」

「哎呀，好可怕！」

這群小小鼴鼠第一次遇到狐狸這個可怕的天敵，大家都嚇呆了。

「快，同學們，趕快鑽進剛剛的地洞裡，隨便哪一個地洞都可以，用盡你全身的力氣，鑽進去！」鑽老師大喊。

老師的命令像是定心丸似的，所有的小鼴鼠馬上在三秒內找到

地洞鑽進去了，可是……

「老師，這個地洞太小了，我鑽不進去！」阿胖哭喊著。

「別急，老師來幫你。」鑽老師幫阿胖把地洞的開口鑽大一些，然後把他塞進洞裡，「快鑽吧，鑽最慢的，會被狐狸抓走哦！」阿胖驚恐的點點頭。

阿發還在洞口張望，「老師，你呢？怎麼不趕快進來？」

「不行，我得等阿力。」

「來得及嗎？」

「一定來得及。你們趕快鑽進洞裡吧，你們都鑽進去了，我和阿力才有洞可鑽！」

阿發點點頭後鑽進洞裡，一下子，他的身影就消失不見了。

鑽老師看著所有的小鼴鼠都鑽進洞後，站在草原上指引著阿力。

「阿力，到這裡來！」

阿力雖然慌張，但還不失為一隻動作敏捷的鼴鼠，他看到鑽老

師的手勢，就知道要怎麼做了。

在狐狸張嘴、快要叼住阿力的一瞬間，阿力跳起來，整個身體像飛的一樣，穩穩的進到鑽老師指定的地洞裡；而鑽老師也在阿力鑽進洞裡的瞬間，順利的鑽進自己的地洞。

草原，一下子變得非常寂靜。

所有的小鼴鼠都不見了。

只剩下狐狸喘氣的聲音。

風依然輕輕的吹著，「滴溜溜」的聲音，好像在說：

「哈哈，抓不到，抓不到！」

狐狸垂頭喪氣的走了。

一鑽天下無難事！

現在，所有的小鼴鼠又回到鼴鼠洞第21號教室外，那一面大牆壁前了。

不同於剛剛的驚恐，現在的小鼴鼠可是個個神氣活現啊！

「狐狸有什麼可怕的，只要鑽進洞裡不就沒事了！」

「我鑽進洞口時，還對著狐狸搖尾巴呢！」

「狐狸奔跑的速度，怎比得上我們鑽洞的速度！」

最後兩個鑽出洞口的是阿力和鑽老師。

一鑽出洞口，阿力就大哭出聲：「鑽老師，對不起，我不該把狐狸引過來。」

鑽老師嘆口氣說：「你是不該把狐狸引過來，不過，我很想聽聽看這到底是怎麼一回事。」

阿力抹了抹眼淚，這才哽咽著說出事情的經過：

「我在鑽洞的時候很不順利，一下子鑽到大樹根，一下子鑽到硬石塊，為了閃避這兩樣東西，我的方向大概偏了45度，之後，我想再修正回來，但已經搞不清楚方向了。所以，當我鑽出洞口時，我來到了草原旁的灌木叢裡。」

「哇，那很遠呢！」阿發喊道。

「能鑽去那兒也不容易。」阿光說。

「我知道自己鑽錯地方了，就想趕快回到草原上和大家會合，可是，沒走多久，一隻小狐狸就盯上我了。我想甩開他，他卻緊追

不捨。我不知道怎麼辦才好，只好拼命往草原上跑去，看到你們，我跑得更急了，我不是故意要把狐狸引來的。」

阿力說完，又哭了起來。

「沒關係，平安就好。」鑽老師拍拍阿力的肩，「被小狐狸盯上也不是你願意的事情，地面上就是危險多，遇到危險怎麼辦？鑽，就是了，一鑽天下無難事啊！」

鑽老師一番話，大夥紛紛點頭稱是。

「所以，上鑽洞課一定要認真，這是可以讓大家保命的課程！話說回來，這次鑽地洞的考試，最後一名是阿力。阿力，最後一名

要留下來打掃教室，你沒忘記吧？」

阿力點點頭。

「哎呀，今天這節課真是精采，又是鑽洞，又是逃命！」鑽老師伸伸筋骨喊道：「前五名的進來跟我領獎品，最後一名的留下來掃地。下課！」

阿力對阿黑說：「這次先把第一名讓給你，下次我一定搶回來！」

阿黑說：「隨時候教。」

阿胖說：「好棒啊，這次我不再是最後一名了，我是倒數第二名！」

鼴鼠洞第48號教室

最漂亮的鼴鼠小姐

一封情書

藍色的矢車菊在陽光下散發出寶石般的光澤，花香隨風飄散，沁人心脾。阿力、阿發和阿胖，三隻鼠正在花叢裡玩捉迷藏，開心

不已。

突然，傳來一陣歌聲：

「你是天上的月亮，明亮動人；你是地上的玫瑰，嬌豔可人——」

三隻鼠聽了，忍不住笑出來。

「誰在唱歌，真是難聽啊！」

「嘿，誰說我的歌聲難聽啊？」粗壯的花莖後面露出了田鼠大哥笑咪咪的臉。

阿力發覺自己失禮了，連忙道歉：「對不起，田鼠大哥，我說

錯話了。」

田鼠大哥依舊笑咪咪，「沒關係，我的知音本來就不多，你多聽幾遍，就會喜歡上我的歌聲的。」

三隻鼠你看我，我看你，不知道該點頭還是搖頭。

「那麼，可以請你們三隻鼠幫我做一件事嗎？」田鼠問。

「當然好。」

田鼠拿出了一封信，誠懇的說：「請幫我把這封信，轉交給最漂亮的鼴鼠小姐吧。」

田鼠把信塞給阿力，也不管阿力聽明白了沒，自顧自唱著歌走

了。看來，他的心情真是好。

現在，換阿力苦惱了。「最漂亮的鼴鼠小姐？」他問另外兩隻鼠：「你們知道是誰嗎？」

「我媽。」阿胖說。

「我妹。」阿發說。

「我覺得是我奶奶。」阿力說：「不過，她們肯定都不是田鼠大哥要找的鼴鼠小姐。」

「沒關係，既然我們不知道信要交給誰，丟掉就好了。只要讓信件隨風吹走，神不知鬼不覺。」阿胖提議。

「不行，這樣對不起田鼠大哥。」阿力說。

「是啊，萬一是重要的信，耽擱事情就不好了。」阿發說。

「這封信會很重要嗎？」阿力把信拿起來，就著天上的微光，仔細查看。

然後，他張大嘴巴，大聲呼喊：「天啊，我看見信裡的三個字了，重要的三個字。」

應該是矢車菊反射出來的陽光太晶瑩剔透吧，三隻鼠都隱隱約約的看出了信紙上有著偌大的三個字：

我愛你

糟糕，這是封情書啊！

對於這封情書，三隻鼠擬定的策略是：阿胖負責找到田鼠大哥，問他到底要把信送給誰；阿發負責尋找

到最漂亮的鼴鼠小姐；阿力則負責四處追問認識田鼠大哥的鼴鼠小姐。

送情書最麻煩的是一定要交給對的人；如果交給錯的人，亂點鴛鴦譜，那可能會造成災難啊！

「沒想到捉迷藏竟然捉到了大麻煩，早知道就不要去矢車菊花叢下玩了。」阿胖抱怨。

「不要這麼說，」阿力回話：「如果能幫田鼠大哥找到女朋友，也是日行一善。」

「我倒是比較想知道，誰是最漂亮的鼴鼠小姐。」阿發道。

「好吧，」三隻鼠握了握手，「咱們分頭行事。」

三天後，阿發那邊有了消息。

「我終於知道誰是最漂亮的鼴鼠小姐了！」阿發大聲嚷著。

「誰？是誰？」阿力和阿胖齊聲問。

「就是我們班上的小莉啊。你瞧她那小小的嘴巴、尖尖的耳朵、黑油油的大眼睛，真是班上第一美。」

「第一美？」阿力和阿胖齊聲反問。

「當然。以前，我看不出來；但經過這幾天仔細觀察，我終於

看出來了，如果鼴鼠界有辦選美比賽，她一定是第一名。」

「第一名？」

阿發不顧兩隻鼠驚訝的眼光，自顧自往下講：「而且，她的性格溫和，脾氣好，對每一隻鼠都笑咪咪的。」

「那我們把田鼠大哥的情書交給小莉吧。」阿胖說

「不行！她又不認識田鼠大哥。」

阿發使勁的搖著頭說：「換你們說說你們的調查進度吧。」

「我每天都去矢車菊花叢下等田鼠大哥，可是，等不到。」阿胖說。

「我也四處問了，不過，大家都不認識田鼠大哥；唯一有反應的是黑老師。」阿力說。

「尋寶課的黑老師？」

「就是她。她似乎對田鼠大哥的

印象很好，直誇他聰明、有勇氣。」

「哎呀，那就是黑老師無誤啦。黑老師雖然年紀大了一些，但是她每天都妝扮得很漂亮。」阿胖說。

「再怎麼漂亮也比不過小莉。」阿發說。

阿力想了一會兒，還是搖搖頭，「不行，做事不能莽撞，我們再多觀察幾天吧。」

關鍵字搜查法

三天後，三隻鼠再度討論起調查進度。

進度是零。

阿胖找不到田鼠大哥。

最漂亮的鼴鼠小姐還是小莉。

至於阿力，他幾乎問了所有認識的同學，誰都不認得田鼠大哥。

「別傷腦筋了，」阿胖不耐煩的說：「為了這封信，我們都沒時間玩樂。還是聽我的話把信扔了，神不知鬼不覺。」

「扔了好。」阿發說：「田鼠大哥的信一定不是給小莉的，我不想要小莉收到這封信。」

阿力則是苦惱的走來走去，「不行不行，信一定要送出去，我們不可以失信於田鼠大哥。我們應該試試另一種方法。」

「哪一種方法？大聲呼喊嗎？」阿胖問。

阿力靈光一閃，「我想到一個好方法了，不必大聲呼喊，只要靜靜的站著就可以。」

「什麼方法？」

「**關鍵字搜查法**。」

鼴鼠學校第55號教室隔壁，有個兩間教室大的中庭，要從下層教室到上層教室、從上層教室

到下層教室，都必須經過這個地方，因此，中庭裡永遠都有走動的學生和熱鬧的聲響。

阿力搬來一張小桌子，上面立了個紙牌，寫著：

「一封信　田鼠大哥」

三隻鼠站在小桌子後面安靜的等。

阿胖問：「這樣就能找得到嗎？」

「我不確定。」阿力回話：「不過，看懂這兩個關鍵字的，應該就會過來找我們。」

他們從早上等到下午，卻沒幾隻鼴鼠過來。

倒是有幾個老師來打了招呼：森老師、鑽老師、麻老師，連音樂老師——樂老師也來了。

老師們問的話都一模一樣：「你們三隻鼠是在搞什麼鬼？」

阿力乖巧的回話：「我們沒有搞鬼，我們只是在幫忙送信罷了。」

老師們問一問，就走了。

小莉也來了。

小莉一來，阿發就躲到阿力的身後去。

「你們在做什麼？」小莉問。

「沒什麼，我們在幫忙送信。」阿力回答。

「我可以看看嗎？」小莉問。

阿力把手上的信揚了揚。

小莉說：「啊，我也好想收到信啊。」說完，轉身也走了。

小莉一走，阿發就出來了，他指指小莉說：「看吧，她是不是很漂亮？」

「小莉太瘦了，鼴鼠太瘦，不好的。」阿胖說。

阿發氣得快冒火了。

對於早上稀稀落落的回應，阿力搖搖頭說：「看來第一階段無效，只能進行第二階段了。」

阿力收了舊的紙牌，亮出新的紙牌，上面寫著：

「情書　最漂亮的鼴鼠小姐」

半小時後，小桌子前擠滿了漂亮的鼴鼠小姐。

大家紛嚷著：

「給我給我，我是鼴鼠學校裡最漂亮的鼴鼠小姐。」

「我才是無敵美麗加三級，不要弄錯了。」

「這是專為我寫的情書啊。」

三隻鼠被擁擠的鼠群嚇壞了。

他們搞不懂，為什麼前後半小時，差別這麼大？是因為「情書」這兩個字？還是「最漂亮」這三個字？

他們無暇思考，因為所有的鼴鼠小姐都要他們交出這封信，甚至要他們念出信中的內容，以證明自己就是收信者。

三隻鼠被龐大的鼠群包圍，愈靠愈近，愈靠愈近。

突然，龐大的鼠群中裂出了一道缺口。

黑老師來了。

黑老師站在阿力身旁，輕聲細語的對大家說：「親愛的小姐們，我知道你們都很漂亮；不過，這封情書要給的是一位漂亮又優雅的小姐。瞧瞧你們現在在做什麼？」

黑老師話一說完，慢慢的，鼠群往後退，不再那麼咄咄逼人。

「現在，最好的方法就是請所有小姐都回去，做自己該做的事情。我會把這封信交給最適合的收信者。」三分鐘內，漂亮的小姐們一哄而散。

「黑老師，謝謝你救了我們，剛剛太可怕了。」阿力心有餘悸。

「我看不出有幾個是漂亮的，她們是不是弄錯了？」阿發說。

「嚇死我了，簡直是災難。」阿胖說。

黑老師正色的說：「這是你們不對，『情書』這種事情，怎麼可以這樣處理？」

阿力雙手一攤，「我們找不到田鼠大哥所說的『最漂亮的鼴鼠小姐』啊？只好走這步險棋試試看。」

阿胖拉拉黑老師，「黑老師，我猜田鼠大哥的情書是要給你吧？」

「給我？」黑老師大笑，「雖然我也很想收到情書，不過這封

情書不是寫給我的。我是最漂亮的老太婆，最漂亮的小姐正在那兒等著呢！」黑老師指了指上面。

「樓上？43號教室？45號教室？48號教室？」阿力問。

看到黑老師眉開眼笑，阿力忽然懂了，他怎麼就沒想到呢？能欣賞田鼠大哥歌聲的，除了音樂老師——樂老師之外，還有誰？

「我知道了。」阿力高興的說：「我現在就把這封信拿到第48號音樂教室去。」

「噓……」黑老師擠擠眼，「送情書可是項祕密任務哦，千萬不能讓其他鼴鼠發現。」

「放一百二十個心吧，黑老師。我一定使、命、必、達！」阿力拍胸脯保證。

另一封情書

這天，三隻鼠又在矢車菊花叢下玩捉迷藏，玩得正高興時，一陣歌聲

傳來：

「你是天上的月亮，明亮動人；你是地上的玫瑰，嬌豔可人──」

「哈哈，田鼠大哥和樂老師正在約會呢，我們快來偷看吧。」阿力道。

「別看了，被樂老師看到，她還要罰我們唱歌呢。」阿胖說。

「田鼠大哥唱歌真難聽，真不知樂老師怎麼會喜歡他？」阿發說。

「青菜蘿蔔，各有所愛。你不是也喜歡小莉嗎？」阿力說。

「哪有！」阿發大聲嚷著。

「你敢說沒有？」

阿發不好意思的點點頭，然後從口袋裡拿出了一封信，「那——可以請你們幫我把這封信，轉交給最漂亮的鼴鼠小姐嗎？」

「又要給樂老師嗎？不行啊，她已經有田鼠大哥了。」阿胖說。

「我知道，我知道。」阿力數著指頭說：「是小美、小花、小紅……」

「停停停，都不是。」阿發臉紅的說：「是……小莉啦。」

「都知道是小莉了，為什麼不自己送？」阿力問。

「人家害羞嘛！」

阿力和阿胖笑著說：「不送不送。哦～～談戀愛！」

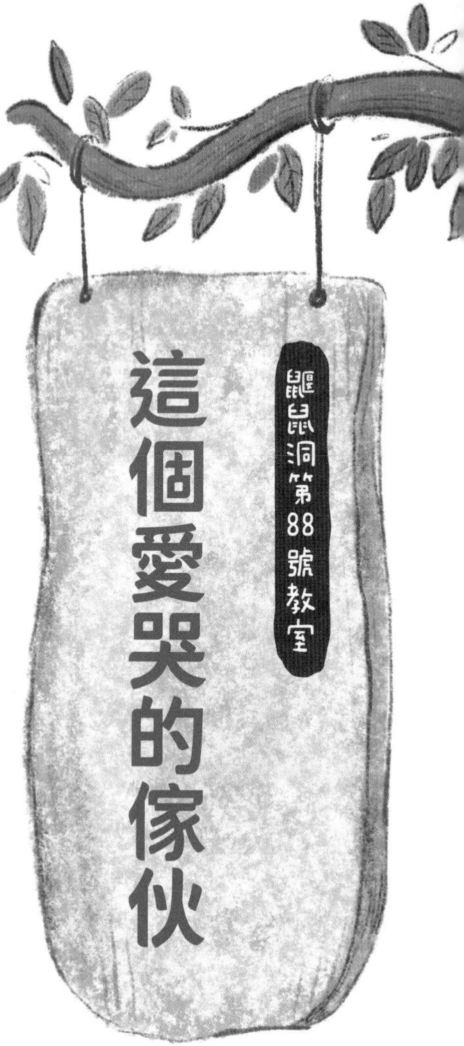

鼴鼠洞第88號教室

這個愛哭的傢伙

不約而同迷路了

從鼴鼠洞第88號教室出來，小鼴鼠都有鬆一口氣的感覺。安全課的麻老師太嚴肅了，動不動就拿狐狸、野狼、蛇、老鷹

來嚇他們。沒錯，那些是鼴鼠的天敵，可是，人生總不會那麼倒楣，處處都遇見敵人吧？即使遇到了又怎樣？鑽老師說得對：「一鑽天下無難事。」怕什麼呢？

麻老師只要聽到小鼴鼠這樣回答，就會板起臉說：「知己知彼，才能百戰百勝，存著僥倖的心態，最要不得。」

小鼴鼠只得低著頭，恭敬道：「麻老師，對不起，我們會專心上課。」

現在，下了課，小鼴鼠都好開心啊，紛紛嚷著要去地面上的小河邊吹吹風。

一群鼠沿著地道往上走，沒幾步路，麻老師就從教室出來，大喊：「阿力，你過來。」

阿力苦著一張臉往回走。

阿發和阿胖對他做了個等待的手勢。

阿力卻搖搖頭，指指上面。

「好吧，那就在小河邊碰面囉！」三隻鼠點點頭，各走各的。

會被麻老師留下來，當然是因為考試考不好。

果然，麻老師拿出阿力上次平時考的考卷，開始耳提面命一

番。一輪話講完，已過了十分鐘，終於，麻老師擺擺手，要阿力離開。

阿力往後退了兩步，轉身就走。這次，他不往上走，而是往下走。「開玩笑，麻老師等一下也是往上

走，萬一又撞見了，豈不是又要重聽一遍？」

阿力來到第93號教室旁邊，他知道這裡有一條側地道，可以直接通往地面上的灌木叢。而且，這是一條直線地道，如果腳程快的話，搞不好，他還會比阿發、阿胖早到河邊呢。

阿力順利走進側地道，開始往上走。

走了一會兒，他發現有兩條岔路。

阿力只是嗅了嗅兩條地道後，馬上決定往左走。

往左的地道並不是直的，而是橫的。阿力愈走愈偏，他有些錯亂，現在是來到了哪裡呢？

突然，他聽到一陣哭聲。

阿力嚇了一大跳，是誰在哭？照理說，在這條少為人知的地道，應該不會遇到任何一隻鼠的。阿力有些害怕，但又按捺不住好奇心，他慢慢的往前走。

眼前出現一個從沒看過的龐然大物。

「你，你是誰？」阿力壯著膽子問。

「我是火球。」

「你為什麼哭？」阿力又往前走了一步。

「我被媽媽罵了。」

一聽到是被媽媽罵，阿力一副了然於心的表情，「哎喲，誰都會被媽媽罵的，這有什麼好哭？」

火球還是抽抽噎噎的。

「我剛剛也被麻老師罵啊，瞧，我都沒哭。」阿力聳聳肩。

「麻老師是誰？」

「是我們安全課的老師，他很古板。」

「我的媽媽也是我的老師。」火球說。

「哦，真倒楣。她對你的要求一定很嚴格。」

「很嚴格，達不到要求就罵我，還不准我哭，說『這樣很丟臉。』」

阿力拍了拍火球的肩，「可憐的傢伙。幸好我媽媽對我最好了。」

「你知道這裡是哪裡嗎？我要去小河邊找朋友玩，可是我好像

迷路了。」阿力問。

「我也迷路了，剛剛邊走邊哭，搞不清楚這裡是哪裡。」火球說。

「真是糟糕啊。」阿力嘆口氣，坐了下來。

香脆好吃的黑片岩

現在，阿力有時間好好的看一看火球了。

他看到火球有翅膀、有鱗片、有長指甲、尖牙齒，阿力突然想到麻老師上課時教過的「關於敵人的特徵」，忍不住問：「看你的長相，我覺得你好像是噴火龍啊！」

「是啊，我是一隻噴火龍啊！」火球點點頭。

「太棒了！」阿力高興的站起來，「我竟然碰見了一隻噴火龍，我真的碰見噴火龍了。完完全全，不敢相信啊！」

阿力先摸摸火球的翅膀，再摸摸火球的鱗片和指甲，激動叫喊：「真是堅固，像銅牆鐵壁一般，噴火龍果真不同凡響啊。」

看見火球好奇的看著他，阿力不好意思的解釋：「長久以來，

我和朋友們一直在爭論，地底下到底有沒有噴火龍。我說有，朋友卻說沒有，現在遇見你，證明我是對的，你可知我心裡多開心了吧！」

「而且，麻老師也說過地底下有噴火龍活動的跡象，如果我帶證據回去給他看，哈哈，麻老師一定會樂壞的，不管平時考還是期末考，我全都能一百分過關！」阿力想到這裡，更是得意的吹了吹口哨。

「什麼證據？」火球問。

「這就要看你要給我什麼啦，鱗片、指甲都可以。」

「不行，拔下來很痛。」

「那麼，」阿力眼睛轉了一圈，機靈的說：「噴火，噴火給我看。我最想看見噴火龍噴火了，亮晶晶、火油油，一定很壯觀。」

「噴不出來。」火球無精打采的說著。

「什麼？你噴不出火？」阿力問。

「我已經一個星期噴不出火來了，這就是為什麼我會被媽媽罵的原因。我真沒用啊！」火球說完，又哭了起來。

阿力真是沮喪。他好不容易碰見一隻噴火龍，沒想到，遇見的卻是一隻噴不出火的龍，這叫他如何向朋友炫耀？

「別哭嘛！你一定是太愛哭才會噴不出火來。火怕水，這道理你不懂嗎？」

火球抹抹眼淚，「我媽媽也這麼說。」

「所以，你要噴得出火來，一定不能哭。」

「好，我知道了。」火球點點頭。

「通常我想哭的時候，我會這麼做。」阿力想了一下，然後深深的吸了一口氣，大喝三聲：「哈、哈、哈！」

「來，試試看。」阿力說。

火球有些不知所措，不過還是照著阿力的話：他吸了一口氣，

「哈、哈、哈」，叫了三聲。

「你是沒吃飯嗎？叫出來的聲音怎麼像蚊子那麼小？虧你長得這麼高大。來，再來一次。」阿力很不滿意。

火球還是一副虛弱的樣子。

「我知道了。」阿力拍手道：「你應該運動一下，跑一跑，肺活量大，才有力氣噴火。」

火球聽話的在地道上跑過來，又跑過去。

五分鐘後，阿力要火球再試一次。

火球深深的吸了一口氣，然後，「哈、哈、哈」三聲！

「天啊，真的有用，我看到一點小火苗了。」阿力看見火球的喉嚨裡，擦出了一些小火花。

「那，要繼續跑嗎？」火球也很開心。

「不，接下來應該是跳一跳，跳躍會讓身體更有能量。」

於是，火球開始跳了。

可是，他一跳，地道就土石崩落，阿力真怕這個地道會塌陷。

「夠了夠了，再試一次吧。」阿力建議。

這次，火球的喉嚨裡開出了中型的火花——紅與黃，非常美麗的顏色。

「再來呢？」火球問。

阿力其實想了至少五種不同的運動方式，不過，地道太狹小了，火球要是認真做，地道一定會塌陷。

「你應該回家裡做運動，認真做，就會進步的。」阿力誠心建議。

「不行，我不敢回去。噴不出火，媽媽會大發雷霆。」

看見火球瑟縮的樣子，阿力可以想見火球的媽媽一定超級凶

惡。

「你可以幫我找東西吃嗎？吃點東西，我應該就能噴得出火了。」火球說。

「什麼東西？」

「黑片岩。這是我們噴火龍最愛吃的東西，可是我都找不到，難怪媽媽罵我笨。」

「哪裡有黑片岩？」

「就在這地道裡。」

「你找不到？」阿力問。

「我找不到。」火球搖搖頭。

阿力只是眼睛轉了一圈，他就想到了——剛才從側地道往上走時，他發現到兩旁的土層是黑色的、一片一片的岩石。

阿力低頭看了看地道，他四處踩踏後，找到一個定點開始往下挖，沒多久，就挖到一層黑片岩了。

「是不是這個？」阿力挖出兩片給火球看。

「就是這個，這是我最愛吃的東西了。」火球急忙的把黑片岩塞進嘴裡，然後，在阿力挖的地洞裡繼續挖。對他而言，這一片片的岩片就像馬鈴薯片一樣，香脆又好吃。

阿力從沒想到那麼難吃的岩片，竟是噴火龍的美食。

現在，火球吃飽了，他摸摸肚皮，一副滿意的神情。

「可以噴火了嗎？」阿力問。

「應該可以了。」火球點點頭。

火球站在阿力旁邊，深吸一口氣，然後，「哈」一聲——

一條長長的、油亮的火舌瞬間噴發

出來，照亮了整個地道。

「哇——」阿力目瞪口呆，完全不能言語。

暗黑地道裡的一條長火舌，這是世界上最神奇的景象了。

井水不犯河水

現在，換火球吹口哨了。

「啦啦啦，我會噴火了，我要回家了，媽媽不會罵我了。」火

球轉身就走。

「等一下！」阿力突然想到一件事，「你們噴火龍都對著什麼東西噴火啊？」

「很多啊，大樹、岩石、城堡、荊棘叢之類的。」

「活的動物噴不噴？」

「當然也噴啦，野狼、狐狸、花豹、壞人，我的哥哥們都噴過。」

「那，會不會噴鼴鼠？」

「鼴鼠？這我就不曉得了。我還太小，從沒噴過，也許哥哥們

噴過。」

聽到火球這麼說，阿力突然緊張起來，他拍了拍自己的腦袋，怒罵道：「我真是笨啊！」

不過，很快的，他就想到了一個好辦法。

「我幫你學會噴火了，你是不是該要回報我一件事？」阿力問。

「嗯，應該的。這樣好了，你不是要證據嗎？我送你一片鱗片，你就可以跟朋友炫耀了。」

「不必不必，我的老師看到鱗片，大概會嚇到搬家。」阿力指

指洞口，「這樣好了，你幫我把這個洞口封起來吧。」

「為什麼？」

「那邊是你家，這邊是我家，咱們井水不犯河水，這樣我們就都不會迷路了。」

火球想了想，「好像也有道理。不過，我以後就見不到你了。」

「沒關係，」阿力趕緊搖手，「你只要在心裡想我就行，我也會在心裡想你

的。」

「好吧。」

阿力和火球迅速的從地道兩側再挖出更多的土石來，把洞口嚴實的壘住。現在，阿力和火球之間隔著一道土石壘出來的牆。

阿力大喊著：「這石塊壘得不夠緊。來，你得對著這些石塊噴火，用力的噴，盡情的噴，噴到一點點縫隙都沒有。」

火球照做了——而且噴得很開心。

然後，阿力把所有的縫隙都填滿。

現在，從第93號教室出來的側地道，再也沒有任何岔路了。

「好了，火球，再見。」阿力大喊。

「再見，我不知道名字的小鼴鼠，再見。」火球也大喊。

「最好不見。」阿力等火球的腳步聲消失後才離開。

阿發和阿胖一定等得不耐煩了吧？

遇見噴火龍的事，要不要跟他們說呢？

阿力停下來，回想起他看到的那一條長長的、光亮璀燦的火舌，不禁全身顫抖。

不說了吧，別嚇壞他們。

不過，下次麻老師的課，一定要專心啊。

鼴鼠洞第72號教室

小旅行，出發！

地下的地下

再過一個月就要放暑假了，所有的小鼴鼠都好高興啊。

尤其是四年級的這一群小鼴鼠，暑假就要展開迷人的小旅行

了，他們雀躍著、期待著，恨不得馬上就出發。

不過，出發前得先提交旅行計畫書，計畫書通過審核，才能自由自在旅行去。為了這一份計畫書，阿力、阿發和阿胖，三隻鼠叫苦連天。

「你確定要去西巴巴島嗎？」阿力問。

「當然，我一定要去西巴巴島。」阿胖說：「聽說當地特產的鹽栗子超好吃，我一定要趁這個好機會，好好的吃個夠。放心，我會多帶一些回來給你們嘗鮮的。」

「可是，去西巴巴島要坐船，你不是會暈船？」

這麼一問，阿胖的眼光就黯淡下來。

西巴巴島是一座小島，從鼴鼠洞上到草原後，再坐船沿著河岸往下划行半天，才能順利抵達。

島上枝葉婆娑、物產豐富，尤其是特產鹽栗子，吃起來清甜中帶有淡淡鹹味，是著名的限定美食。來這座島上探險的小鼴鼠，很多都是衝著鹽栗子來的。

「講到這個，我就頭痛。」阿胖嘆了一口氣，「我不但會暈船，還會嘔吐呢。不過，再怎麼不舒服，為了鹽栗子，我都要忍耐。」

「獨木舟也不好坐啊，」阿發也開口了：「一不小心就會掉進大河裡去，你可千萬要小心，別顧著打鬧。掉進河裡，沒人救得了你。」

「哈哈，這點你可以放心，我這麼胖，很難移動的。」阿胖拍拍胸脯說。「你呢？你想去哪裡？」

阿發想了好一會兒才說：「我想去爬山，草原盡頭的烏拉拉山很吸引我，尤其是山上的樹藤，我想去盪盪看。」

「盪烏拉拉山上的樹藤？你是不是頭殼壞掉？」

「沒壞。我一直以來就嚮往著在天上飛，可是，我們鼴鼠只會

鑽洞，哪有飛的機會？盪樹藤可以滿足我的夢想，我一定要試試看。」阿發熱切的說。

「烏拉拉山上經常有狐狸出沒，還有老鷹、蛇等等，天敵不少啊。」

「放心吧，我只要把計畫書交上去，學校一定會替我安排合適的老師，傳授我相關的知識；對了，岩公公也會來，

這條路線，他走了一百零一次，有岩公公指點，一定萬無一失。」

岩公公是鼴鼠學校裡赫赫有名的運動老師，他現在年紀大了，不能上課了。但他有時會來鼴鼠學校講他的冒險經歷，他一開講，小鼴鼠都會聽得渾然忘我，是位非常受歡迎的傳奇性老師。

阿胖和阿發很快就確定了小旅行的目的地，現在他們把目光轉向阿力。

「阿力，你要去哪裡？」兩隻鼠同時問。

阿力一副欲言又止的表情。

「西巴巴島？」阿力搖頭。

「烏拉拉山？」阿力搖頭。

「難不成你想留在家裡？」現在換阿發搖頭了，「這可不行啊。小旅行的目的就是要我們自己學習走出去，練習獨立自主的能力。你想留在家裡，老師們一定不會同意的。」

「我比誰都想要跑出去。」阿力不以為然的說著：「只是，我想去『那裡』。」阿力比了比下面。

「哪裡？」

「地下的地下。」阿力肯定的說著。

「地下的地下？」阿胖和阿發很疑惑，「那裡有什麼好去？」

阿力覺得時候到了，有一個祕密他已經藏了好久，再也忍不住了，他一定要說出來。

「因為我在地下的地下遇見了一隻噴火龍，他的名字叫『火球』。」

「噴火龍？火球？」

「我和火球聊了很久，我還幫他挖出他想吃的黑片岩，然後，他就噴火了，噴出一條長長亮亮的火舌，好可怕。」

阿發走過來摸摸阿力的腦袋，「你有發燒嗎？」

「我就知道你們不相信，等我把事情經過說清楚、講明白，你們就會相信我了。」

阿力花了一些時間，把上次在第93號教室的側地道裡遇見噴火龍的情形，鉅細靡遺、述說詳細。

然後，阿胖哭了。

阿發則顫抖著身子。

「我覺得我們應該馬上去報告校長，接著，速速搬家。」

「火球該不會專程找一天來吃火烤鼴鼠肉吧？」

「別慌嘛！」阿力無奈的拍拍兩隻鼠的肩，說：「我就是擔心噴火龍會無緣無故闖進我們學校來，我才想去查探清楚的啊！」

「你根本是自投羅網！」阿發說。

「他們該不會一隻一隻跑來吃火烤鼴鼠肉吧！」阿胖又哭了。

「哎喲，你想太多了。火球告訴我，他們最想要噴火的對象是壞人、狐狸和野狼，我們這種小鼴鼠，根本不夠塞牙縫。」

「沒有火烤鼴鼠肉？」阿胖止住了哭泣。

「我也無法確定，就因為無法確定，我才想去地下的地下走一趟，看看噴火龍是否真的住在那裡；如果噴火龍還在，總要找出一

個和平相處的辦法。」

阿力這麼一說，阿胖和阿發終於不再害怕。

「火球還認得你嗎？他會幫你嗎？」阿發問。

「火球應該還認得我吧。至於幫忙嘛，也許會，也許不會，我去了就知道。放心，如果遇到危險的話，我鑽洞就是了，一鑽天下無難事。我的身軀小，地底下光線又差，也許噴火龍個個都是大近視眼呢！」

這麼一說，三隻鼠都笑了。

「可是，這樣的旅行計畫書，校長會通過嗎？」阿發想到另一個問題。

「這也是我苦惱的地方。」阿力抓抓頭，

「如果計畫書不通過，我就得另尋去處了。」

「來嘛，來西巴巴島，我們一起去吃鹽栗子。」

「一起去烏拉拉山上盪樹藤吧，保證永生難忘。」

「不要，我還是想去地下的地下，如果遇見了噴火龍，我會偷偷留下證據，指甲、鱗片都行。這才是我永生難忘的小旅行啊。」

「計畫審查日就在下星期一，那麼，我們加油了！」

三隻鼠的手緊緊的握著。

引起討論的旅行計畫書

鼴鼠洞第72號教室並不是教室，而是校長室。亮校長擔任鼴鼠洞的校長已經有五年了，她是位笑咪咪的校長，很關心小鼴鼠的活動，也常和他們打成一片。

現在，四年級的小鼴鼠群聚在校長室外面，等候唱名。

凡是被叫到名字的小鼴鼠，都要一一進到校長室去，報告自己的旅行計畫，並回答老師和校長的提問。

旅行的目的地有遠有近，旅行的同伴也可多可少，只要自己找好同伴，詳實計畫，大部

分都會過關。

現在，走出校長室門口的，是阿胖那一群要去西巴巴島的同伴們，看他們興高采烈的模樣，就知道過關了。

接著換阿發一行三隻鼠進校長室了。

沒多久，他們也笑著出來，過關了。

剩下的，都是想單獨出遊的：有的是去找親戚，有的是去拜訪朋友，還有的是專程去採摘植物，或是去著名景點一遊。

有的笑著出校長室，有的則哭喪著臉出來。

小鼴鼠愈來愈少，現在輪到最後一隻鼠——阿力，進校長室了。

阿力進去後，鞠了個躬，一抬頭就看見了黑老師、鑽老師、麻老師、森老師全都在座。

「阿力，你想去地下的地下，查探噴火龍的蹤跡？」亮校長看著計畫書問。

「是的。」

「請說明你的目的和動機。」

阿力從半年前和火球的相遇講起，一直講到他目前的準備狀況。

仔細聽他講完後，所有的老師都安靜無聲，不發一語。

「不行，太危險了！」森老師首先發聲：「這無異是讓阿力白白去送死，

小鼴鼠不該從事這麼危險的旅行。」

「地底下又不見得真有噴火龍。」鑽老師說話了：「我反而覺得阿力想去地底一探究竟，這種即知即行的精神，非常可取。」

「地底下是有噴火龍存在的，萬一真遇上了呢？」黑老師說。

「查探噴火龍的存在，是一項值得研究的工作，阿力如果找到火球，順利的搜集到噴火龍的資料，我們就能及早做好防備，知己知彼，百戰百勝。」麻老師說。

「既然是這麼重要的工作，怎能委託阿力去做？應該是我們自己來。」森老師說。

「可是，火球不認得我們，我們也不認識火球。」麻老師說。

阿力沒想到他的旅行計畫，竟然引起了在座老師一番唇槍舌戰，他看看這邊、聽聽那邊，不知怎麼辦才好。

亮校長說話了：「阿力，你的計畫書引起了很大的爭議，我想你也看到了。現在，請你先出去外面等著，老師們想要再多討論一下。」

校長說完，阿力乖乖的走出門外，留下校長室內五位老師。

加強行前教育

校長室外，大夥

兒都下課去了，空蕩蕩的走廊上，只傳來幾聲小鼴鼠的笑聲。

阿力氣餒的想著，這個旅行計畫應該不會過關了。

旅程的危險性太高、他年紀太小、毫無防禦能力、噴火龍太過凶惡……隨便哪一個理由，都足以反駁這項計畫書。

可是，他真的好想去找火球啊，想去看看他們的世界，再看一次亮晶晶的火舌……

校長室的門開了。

阿力走了進去，他艱難的開了口：「校長，請問我的旅行計畫

是不是被否決了？」

亮校長依舊笑咪咪的，「不，阿力，經過我們慎重的討論過後，你的旅行計畫，過關了。」

「真的？」阿力不敢相信。

所有的老師都點了點頭。

「這項旅行計畫確實危險，不過，在座老師討論過後，都覺得以你的機智、勇氣和反應能力，應該足以應付。只是在出發前，你必須再上幾門加強課，例如鑽老師和麻老師的課，他們會針對你的實際需求，教你更加實用的知識。」

阿力高興的點了點頭。

「另外，我也要給你一樣東西。」亮校長從抽屜裡拿出一個東西給阿力，「這是個漂亮的徽章，危急的時候，只要拿出徽章給噴火龍看，就可以保你一切順利。」

阿力拿過徽章仔細查看，突然，他看出特殊之處了。他大喊著：「校長，這是噴火龍的鱗片嗎？」

亮校長笑著點點頭。

「所以，校長你也去過地下的地下？你也遇見過噴火龍？」阿力真是太驚奇了，亮校長果然不一樣。

「孩子，我的旅程，是我的旅程；你的旅程，是你的旅程。」亮校長的笑容高深莫測，「希望你的旅行一切順利，祝福你。」

暑假來臨，小旅行也就開始了。阿力、阿發、阿胖，三隻鼠互相打氣，「我們不但要成功回來，還要帶回紀念品哦。」

小旅行，出發！

國家圖書館出版品預行編目（CIP）資料

鼴鼠洞教室．2：數學課：一定要公平／亞平作；李憶婷繪．-- 初版．-- 新北市：字畝文化出版：遠足文化事業股份有限公司發行，2023.08
160 面；14.8×21 公分
ISBN 978-626-7200-99-5（平裝）
863.596　　112011961

鼴鼠洞教室 2 數學課：一定要公平

作者｜亞　平
繪者｜李憶婷

字畝文化創意有限公司
社長兼總編輯｜馮季眉
主編｜許雅筑
責任編輯｜戴鈺娟
編輯｜陳心方、李培如
美術設計｜張簡至真

出版｜字畝文化／遠足文化事業股份有限公司
發行｜遠足文化事業股份有限公司（讀書共和國出版集團）
地址｜231 新北市新店區民權路 108-2 號 9 樓
電話｜(02)2218-1417　傳真｜(02)8667-1065
客服信箱｜service@bookrep.com.tw
網路書店｜www.bookrep.com.tw
團體訂購請洽業務部 (02) 2218-1417 分機 1124

法律顧問｜華洋法律事務所　蘇文生律師
印製｜中原造像股份有限公司

2023 年 8 月　初版一刷
定價｜330 元　書號｜XBSY0059　ISBN｜978-626-7200-99-5
EISBN｜9786267365069（PDF）　9786267365045（EPUB）